獻給梅伊和柯南 - AH

獻給凱爾 - NS

小松鼠信箱

the
LEAF THIEF
The Perfect Fall Book for Children and Toddlers

誰偷走了我的葉子？

愛麗絲·海明（Alice Hemming）著
妮可拉·史萊特（Nicola Slater）繪

「這是一年裡**最棒**的時光！
我吃了滿肚子榛果，躺在樹枝上，
看陽光從葉縫中灑下。
葉子的顏色好美啊！

紅色、金色、橘色……

紅色、金色、橘色……

紅色、金色……

等一下！

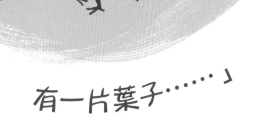

有一片葉子……」

「不見了！
我的葉子跑到哪裡去了

不在這裡……

也不在石頭下……」

「我的葉子
不見了！」

「你的⋯⋯葉子？」

「是啊，
我有一片葉子**不見了**。
小老鼠的那片葉子
很像我的。」

「小松鼠，
那不是
你的葉子。」

「你確定嗎？小老鼠！
小老鼠！是你偷走
我的葉子嗎？」

「不是我。
這是我的船。」

「看吧，小松鼠。每年這時候，
少一、兩片葉子很正常⋯⋯
懂嗎？」

「好吧，謝謝鳥哥。
明天見。」

第二天早上……

「天啊，
糟糕了！
鳥哥！」

又怎麼啦？

小松鼠信箱

「又有葉子不見了！
啄木鳥，啄木鳥，
不好意思請問你，
那是我的葉子嗎？」

不是，不是。
小松鼠，這是我的葉子，
是我收集了好多年的葉子。

沒人會偷
你的葉子，
小松鼠。

去年也是這樣，
你忘了嗎？

好像是……

你要不要
回你的窩，
試著放鬆看看？

好，
謝謝鳥哥。

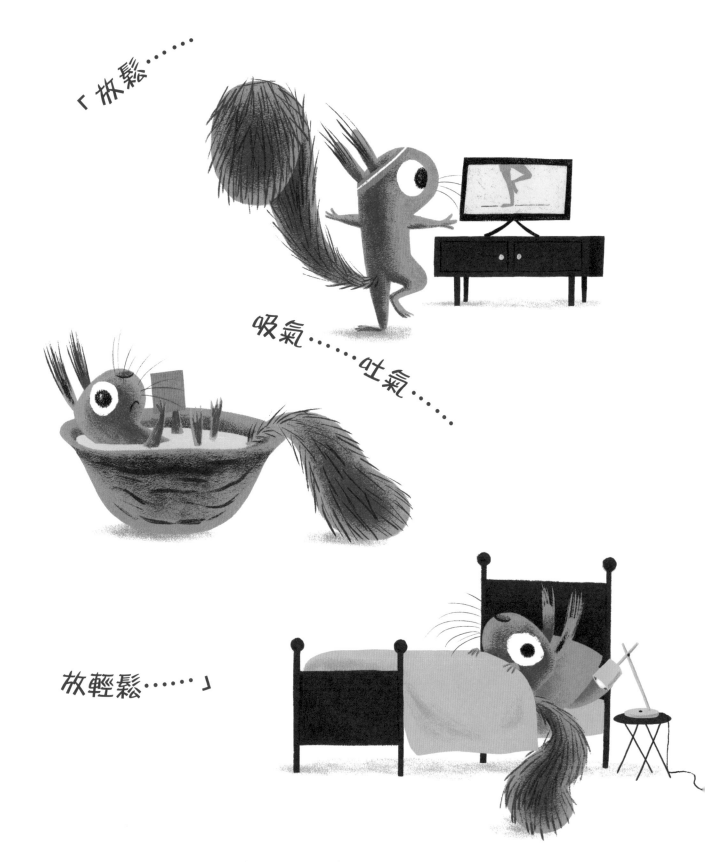

「放鬆……

吸氣……吐氣……

放輕鬆……」

第三天早上……

完蛋了！
完蛋了！

鳥哥？

鳥哥？

鳥哥，
你在哪裡？

「小松鼠，
我在這裡。」

「等一下……

該不會是你
偷走我的
葉子吧？」

「不是我，不是我，
葉子小偷不是我。
小松鼠，我讓你看看
誰才是葉子小偷。」

「他在哪裡？
我可要好好教訓
他一頓！」

「小松鼠，你看。

葉子小偷每年都會來，

把大樹吹得搖搖晃晃……

把葉子吹得沙沙作響……

還會把你的帽子也吹走！

小松鼠，你知道誰是葉子小偷了嗎？」

「葉子小偷就是**風**！
每到秋天，葉子會變色、會被風吹走⋯⋯每年都會！
春天來時，葉子就會再長回來。
好了，回家去吧，別再來找我抓小偷了！」

「原來是風啊！
葉子會變色，風會吹走葉子。
原來如此！我真傻。
根本就沒有葉子小偷，
我今晚一定能睡個好覺！」

誰才是
真正的葉子小偷？

就像小松鼠發現的那樣，
根本沒有人偷走葉子。

鳥哥：
「葉子小偷就是風。」

事實上也沒這麼簡單。
每到秋天，氣溫開始下降，樹會開始落葉過冬，
風只不過是吹走了即將從樹上掉下來的葉子。

秋天的樹看起來很美。

葉子落下之前，
會從綠色變成各式各樣的顏色。

「紅色、金色、橘色……」

直到葉子失去生命、變成棕色後，
就會從樹上掉下來。

不是所有的樹都會掉葉子。

只有落葉樹會落葉，常青樹則不會。

世界各地秋天的時間
都不太一樣。

北半球的秋季大約從九月開始，
南半球則大約從三月才開始。

秋天並不是只有落葉，

還有其他變化，像是：
太陽下山時間提早；候鳥和蝴蝶會遷徙到更溫暖的國家；
蝙蝠、刺蝟等動物則會冬眠。

松鼠不會冬眠，
但會貯藏堅果等食物準備過冬，
睡覺時間也愈來愈長。

小野人 54

the
LEAF THIEF

The Perfect Fall Book for Children and Toddlers

誰偷走了我的葉子？

【森林動物的季節故事書】 (3~9歲適讀，大人也很愛)

作　　者　愛麗絲·海明 Alice Hemming
繪　　者　妮可拉·史萊特 Nicola Slater

野人文化股份有限公司
社　　長　張瑩瑩
總 編 輯　蔡麗真
副 主 編　徐子涵
責任編輯　陳瑞瑤
行銷經理　林麗紅
行銷企畫　蔡逸萱、李映柔
封面設計　周家瑤
內頁排版　洪素貞

出　　版　野人文化股份有限公司
發　　行　遠足文化事業股份有限公司 (讀書共和國出版集團)
　　　　　地址：231 新北市新店區民權路 108-2 號 9 樓
　　　　　電話：（02）2218-1417　傳真：（02）8667-1065
　　　　　電子信箱：service@bookrep.com.tw
　　　　　網址：www.bookrep.com.tw
　　　　　郵撥帳號：19504465 遠足文化事業股份有限公司
　　　　　客服專線：0800-221-029
法律顧問　華洋法律事務所　蘇文生律師
印　　製　凱林彩印股份有限公司
初版首刷　2022 年 09 月
初版三刷　2024 年 06 月

  誰偷走了我的葉子？

野人文化
官方網頁

野人文化
讀者回函

線上讀者回函專用
QR CODE，你的寶
貴意見，將是我們
進步的最大動力。

Text © Alice Hemming, 2020
Illustrations © Nicola Slater, 2020

國家圖書館出版品預行編目 (CIP) 資料

誰偷走了我的葉子？(森林動物的季節故事書) / 愛麗
絲 . 海明作；妮可拉 . 史萊特 (Nicola Slater) 繪 . -- 初版 .
-- 新北市：野人文化股份有限公司出版：遠足文化事業
股份有限公司發行 , 2022.09
　　面；　公分
譯自：The leaf thief (the perfect fall book for children
and toddlers)
1.SHTB: 圖畫故事書 --3-6 歲幼兒讀物

ISBN 978-986-384-714-4 （精裝）

873.599　　　　　　　　　　　　　　　111005978